4 cuentos predilectos

BLANCANIEVES

Cuentos de alrededor del mundo

por Jessica Gunderson

PICTURE WINDOW BOOKS

a capstone imprint

¿Qué es un cuento tradicional?

Había una vez una época en la que no existían
los libros y la gente se reunía para contar cuentos.
Eran cuentos de hadas y de magia, de príncipes
y de brujas, llenos de historias de amor, celos, bondad
y fortuna. Algunos enseñaban lecciones. Otros solo
entretenían. ¡La mayoría hacía ambas cosas! Estos cuentos
tradicionales pasaron de vecino a vecino, de pueblo
a pueblo, de una tierra a otra. A medida que los cuentos
surcaban los mares y escalaban montañas, cada cultura
los iba adaptando y les iba cambiando algunos detalles.
Un zapato envenenado se convertía en un anillo
envenenado. Un rey se convertía en un sultán.
Un lobo se convertía en un tigre.

Con el tiempo, se fueron recopilando estos cuentos
tradicionales por escrito. Hoy, en todo el mundo,
a las personas de todas las edades les encanta leer
los cuentos de siempre. Los cuentos tradicionales vivirán
para siempre en nuestra imaginación.

Blanca Nieves

ilustrado por Eva Montanari

Un cuento tradicional alemán

Había una vez una princesa muy bella llamada Blancanieves. Su madrastra, la reina, también era muy bella. Le gustaba mirarse en el espejo y preguntarle: —Espejito, espejito, ¿quién es la mujer más bella del mundo?

El espejo siempre contestaba: —Tú.

Pasaron los años y Blancanieves cada vez era más bella. Un día, el espejo le dijo a la reina: —Ahora la más bella es Blancanieves.

Enfurecida, la reina ordenó a un cazador que matara a Blancanieves y le llevara sus pulmones y su hígado. Pero el cazador dejó que la joven escapara. Mató un jabalí y le llevó sus pulmones y el hígado a la reina para engañarla.

3

Blancanieves encontró la cabaña de siete enanitos. Los enanitos la invitaron a vivir con ellos. A cambio de su hospitalidad, ella cocinaba y limpiaba.

Mientras tanto, el espejo le contó a la reina que Blancanieves seguía viva. Muerta de rabia, la reina se disfrazó de comerciante y fue a la cabaña de los enanitos.

A Blancanieves le encantaban los vestidos que vendía la comerciante, pero cuando intentó probarse uno, notó que no podía respirar. Cayó muerta.

Ahora que Blancanieves estaba muerta, la reina satisfecha le volvió a preguntar al espejo quién era la mujer más bella. El espejo contestó: —Blancanieves.

La reina echaba humo. Los enanos habían
regresado a su casa y cuando vieron
a Blancanieves en el piso, aflojaron
los lazos del vestido. ¡Blancanieves había
vuelto a la vida!

Al día siguiente, la reina
regresó a la cabaña
con un peine envenenado.
En cuanto Blancanieves
se puso el peine
en el cabello,
cayó muerta.

5

La reina estaba convencida de que esta vez lo había conseguido.
Regresó a su casa y le preguntó al espejo quién era la mujer más bella.
Una vez más, el espejo contestó: —Blancanieves—. Los enanitos
la habían encontrado sin vida y la salvaron al quitarle el peine.

—¡Maldición! —gritó la reina. Envenenó una manzana y regresó
a la cabaña.

Blancanieves estaba hambrienta ¡y la manzana se veía tan deliciosa!
En cuanto la mordió, cayó muerta.

Esta vez, los enanitos no pudieron ayudar a Blancanieves. No había
lazos para aflojar ni peine para quitar. Muy tristes, la pusieron
en un ataúd de cristal en el jardín.

En el castillo, la reina
volvió a preguntar al espejo
y este contestó: —Tú eres
la más bella.

La reina rio feliz.

Un día, un apuesto príncipe vio a Blancanieves y se enamoró de ella. Encargó a sus sirvientes que llevaran el ataúd a su casa, pero por el camino se tropezaron. Al hacerlo, de la boca de Blancanieves salió un trozo de manzana envenenada. Blancanieves abrió los ojos y se enamoró inmediatamente del príncipe. Decidieron casarse.

Al mismo tiempo, la reina le preguntó al espejo quién era la mujer más bella. El espejo contestó: —La novia del príncipe.

La reina fue rápidamente a la boda del príncipe. Tenía que ver a esa novia con sus propios ojos.

Cuando la reina llegó, Blancanieves la vio e hizo sonar
la alarma. Los guardias del príncipe atraparon a la reina
y le pusieron unos zapatos de hierro candente.
La reina bailó hasta caer muerta.

El príncipe y Blancanieves vivieron
felices para siempre.

Marigo de los 40 dragones

Un cuento tradicional albano

ilustrado por
Colleen Madden

Había una vez una bella princesa llamada
Marigo. Era dulce y tenía grandes riquezas.

Su maestra envidiaba la vida lujosa
de la niña. Un día, engañó a Marigo para
que matara a la reina. Después, le dijo:
—Dile a tu padre que se case conmigo.

Marigo lo hizo y el rey se casó
con la maestra.

Pero la nueva madrastra de Marigo seguía sin ser feliz. Ahora estaba celosa de la belleza de Marigo y ordenó al rey que la matara. El rey se llevó a su hija a las montañas, pero no fue capaz de matarla. Decidió abandonarla en el bosque.

Marigo encontró un castillo
donde vivían 40 dragones.
Al principio les tenía miedo,
pero pronto descubrió que eran
muy amables. La niña les dijo
que limpiaría su castillo a cambio
de un lugar donde vivir.

En el castillo del rey,
la malvada madrastra habló con
el sol. —¿Hay alguien más bella
que yo? —preguntó.

El sol contestó: —Sí, Marigo
de los 40 dragones.

La reina pegó un grito. ¡Marigo seguía viva! La reina envenenó una horquilla para el cabello y le ordenó al rey que se la llevara a su hija. El rey se disfrazó de comerciante y lo hizo.

Marigo sintió lástima por el pobre comerciante y le compró la horquilla. En cuanto se puso la horquilla en el cabello, cayó muerta.

Los dragones se encontraron a Marigo sin
vida. —¿Qué es esto? —rugió un dragón.
Sacó la horquilla de su cabello
y Marigo volvió a la vida.

Mientras tanto, la reina
le volvió a preguntar
al sol: —¿Hay alguien
más bella que yo?

Y el sol contestó:
—Marigo.

La reina furiosa
le ordenó al rey
que le llevara un anillo
envenenado a la princesa.
El rey se disfrazó
y lo hizo.

Una vez más, Marigo sintió lástima por el comerciante y le compró el anillo. En cuanto se lo puso, cayó muerta.

Los dragones no vieron el anillo y no pudieron despertarla. Construyeron un ataúd y lo colgaron en el jardín de un rey joven.

Cuando el rey joven vio a Marigo, se enamoró de ella y decidió llevar el ataúd a su palacio para protegerlo. Un día, su madre vio el anillo en el dedo de la joven. Se lo quitó y de pronto, Marigo se sentó.
—¿Dónde estoy? —preguntó parpadeando.

El rey estaba feliz y la besó. —¡En un palacio real! —dijo—. Yo soy el rey ¡y tú serás mi reina!

El rey joven y la reina vivieron felices hasta el día de hoy.

La madre antinatural y la niña con la estrella en la frente

ilustrado por Carolina Farías

Un cuento tradicional mozambiqueño

Había una vez un rey que tenía una hija con una marca en la frente con forma de luna. A la hija le encantaba mirarse en el espejo y preguntarle: —Espejito, ¿hay alguien más bella que yo?—. El espejo siempre contestaba: —Solo el cielo es más bello.

La joven dio luz a una niña. La niña tenía una estrella en la frente. Todo el pueblo admiraba la belleza de la niña. Pero la madre estaba celosa.

La mujer le volvió a hacer la misma pregunta al espejo, pero esta vez la respuesta cambió. —Solo tu amada hija, que vino del cielo —dijo el espejo. Muerta de rabia, la mujer destrozó el espejo.

Cada día la mujer estaba más celosa. Tenía tantos celos que les pidió a los sirvientes que mataran a su hija. Si regresaban con su corazón, el hígado y el dedo meñique, les daría una bolsa de monedas.

Pero los sirvientes no fueron capaces de matar a la niña.
Le dijeron que huyera. —Pero antes tenemos que cortarte
el dedo meñique —dijeron. Una vez que lo hicieron, la niña
se fue muy lejos. Los sirvientes le llevaron a la mujer el dedo
meñique de la niña y el corazón y el hígado de un antílope.
La esposa del jefe estaba feliz.

Mientras tanto, la niña encontró la cabaña de una banda de ladrones. La belleza de la niña atrajo al líder. La adoptó y le prometió que dejaría de robar.

Un día, un sirviente que pasaba por ahí vio la estrella de la niña y se lo dijo a su madre. La malvada mujer envió al sirviente a la cabaña de los ladrones con unas pantuflas envenenadas. Cuando la niña se puso las pantuflas, cayó muerta.

Desolado, su padre adoptivo
construyó un ataúd. Lo colgó
en lo alto de unos árboles. Aunque
la niña estaba muerta, la estrella
de su frente seguía brillando.

El hijo del jefe de otro pueblo vio la luz de la estrella
de la niña y se enamoró de ella. Se llevó el ataúd a su casa.
Un día, su hermano lo visitó y admiró las pantuflas de la niña.
Se las quitó de los pies, y la niña volvió a la vida.

El hijo del jefe estaba feliz. Se casó con la niña y lo celebraron
con un festín. Poco tiempo más tarde, el hijo del jefe se fue
de safari. Cuando regresó unos meses más tarde, le esperaba
una gran sorpresa. Ahora era el padre de gemelos: ¡un niño
con una luna en la frente y una niña con una estrella!
Todos vivieron felices para siempre.

23

La aguja mágica

ilustrado por
Valentina Belloni

Un cuento tradicional turco

Había una vez un *padishá* que tenía una esposa y una hija muy bellas. Todos los días, la esposa le preguntaba a su sirviente: —¿Soy bella?—. El sirviente siempre contestaba: —Sí, la más bella.

Sin embargo, un día, el sirviente vio a Grenatchen, la hermosa hija del *padishá*. Cuando la esposa le hizo la misma pregunta, la respuesta del sirviente cambió. —Sí —dijo—, pero Grenatchen es más bella.

Enojada, la esposa se llevó a Grenatchen al desierto y la abandonó. Esperaba que las fieras salvajes la devoraran.

Grenatchen deambuló sola hasta que un día, la encontraron tres cazadores. Los rumores de su belleza se extendieron rápidamente y llegaron a oídos de la esposa del *padishá*. Sabía que se referían a Grenatchen. La esposa compró dos agujas envenenadas a una bruja, se disfrazó y fue a la casa de los ladrones.

Grenatchen se negó a abrir la puerta a una desconocida. *Así que la esposa dijo: —Arrodíllate y mira por el ojo de la cerradura. Te voy a pasar dos hermosas horquillas—*. Grenatchen se arrodilló y la esposa le clavó las dos agujas en la frente. La joven cayó muerta.

Los cazadores construyeron un ataúd para Grenatchen y lo llevaron a las montañas. Lo colgaron entre dos árboles. Un día, el hijo de un sultán llamado Schehzade lo descubrió. Aunque estaba comprometido con otra mujer, se enamoró de Grenatchen. Se llevó el ataúd a su palacio.

Schehzade se casó y se fue a la guerra. Mientras estaba fuera, su esposa abrió el ataúd. Le quitó a Grenatchen una de las agujas que tenía clavadas en la frente.

¡La niña muerta se convirtió en un pájaro! Todas las mañanas revoloteaba por el jardín y le preguntaba al jardinero por Schehzade. Cuando Schehzade regresó, el jardinero le habló sobre el pájaro. Muerto de la curiosidad, Schehzade le puso una trampa y lo atrapó.

La esposa de Schehzade estaba celosa porque sabía que el pájaro era Grenatchen. Le arrancó la cabeza al pájaro y arrojó su cuerpo al jardín. De la sangre del pájaro crecieron unas matas de rosas.

Un día, una anciana cortó unas rosas de una de las matas. Cuando olió los pétalos, salió un pájaro revoloteando por encima de ella. La anciana vio que el pájaro tenía una aguja clavada en la cabeza y se la sacó. El pájaro se convirtió en la bella Grenatchen.

Grenatchen le contó a la anciana lo que le había pasado y esta fue corriendo a contárselo a Schehzade. Lleno de felicidad, el joven fue a ver a Grenatchen.

Mientras tanto, la esposa del *padishá* se enteró de que Grenatchen seguía viva. Estaba decidida a matarla otra vez. Así que se disfrazó y se fue al palacio del sultán.

Schehzade y Grenatchen vieron a una mujer que se dirigía hacia ellos. Grenatchen reconoció a la esposa del *padishá*. Schehzade la atrapó y la metió a la cárcel. Después, también metió a su esposa en la cárcel.

Por fin, Schehzade y Grenatchen se pudieron casar.

Glosario

candente—metal que se pone rojo por el calor

comerciante—persona que compra y vende mercancías

deambular—caminar sin rumbo

jabalí—cerdo salvaje

meñique—dedo pequeño de la mano

padishá—gran rey o gobernante

safari—viaje para cazar o explorar, normalmente en África

sultán—gobernante o emperador, especialmente en países musulmanes

Pensamiento crítico basado en los estándares comunes

Busca elementos de cada cultura en los cuentos. ¿Cómo encajan estos elementos con la cultura de cada país? (Integración de conocimientos e ideas).

En todos los cuentos de Blancanieves hay una madre o madrastra celosa. ¿De qué están celosas? ¿Cómo afectan sus celos a sus acciones? ¿Qué les pasa al final del cuento? (Ideas clave y detalles).

Compara los finales de los cuatro cuentos. ¿Se parecen o son diferentes? Explica tu respuesta. (Composición y estructura).

Ideas para escribir

1) Escribe un cuento de Blancanieves que tenga lugar en tu vecindario. Añade detalles para ayudar a identificarlo (por ejemplo: calles, parques, tiendas o edificios, gente, ropa).

2) Imagina que las cuatro Blancanieves se conocen. Escribe la conversación que podrían tener. Usa diálogos y descripciones para contar el cuento.

Busca todos los libros de la serie:

Gracias a nuestros asesores por su experiencia y consejos:
Dra. María Tatar, Directora del Programa de Folclore y Mitología de la Universidad de Harvard
John L Loeb Profesor de Literatura y Lenguas germánicas y Folclore y Mitología de la Universidad de Harvard
Dra. Terry Flaherty, PhD, Profesora de Inglés de la Universidad Estatal de Minnesota, Mankato

Editora: Jill Kalz
Diseñadora: Ashlee Suker
Director de arte: Nathan Gassman
Especialista en producción: Katy LaVigne
Las ilustraciones de este libro se crearon digitalmente.
Traducido a la lengua española por Aparicio Publishing

Publica la serie Picture Windows Books, por Capstone Press, una imprenta de Capstone
1710 Roe Crest Drive, North Mankato, Minnesota 56003
www.capstonepub.com

Derechos de autor © 2020 por Capstone Press, una imprenta de Capstone.

Todos los derechos reservados. Esta publicación no puede reproducirse en su totalidad ni en parte, ni almacenarse
en un sistema de recuperación, ni transmitirse en ninguna forma ni por ningún medio, ya sea electrónico, mecánico,
de fotocopiado, grabación u otro, sin permiso escrito del editor.

Los datos de Catalogación previa a la publicación de la Biblioteca del Congreso se encuentran disponibles
en el sitio web de la Biblioteca.

ISBN 978-1-5158-5711-2 (library binding)
ISBN 978-1-5158-6069-3 (paperback)
ISBN 978-1-5158-5717-4 (ebook pdf)

Impreso y encuadernado en China.
002489